Frauke Scheunemann Nikolai Renger

WINSTONs geheimste Fälle

Das GEISTERSCHIFF

LOEWE WOW!

Alle Bände von »**Winston**« bei Loewe Wow:

Band 1: Der Fluch der Wächterkatze
Band 2: Das Geisterschiff

FSC
www.fsc.org
MIX
Papier aus verantwortungsvollen Quellen
FSC® C014496

ISBN 978-3-7432-0613-7
1. Auflage 2021

Umschlag- und Innenillustrationen: Nikolai Renger
Umschlaggestaltung: Michael Dietrich
Printed in the EU

www.loewe-wow.de

Ich will jetzt wirklich kein Spießer sein …
aber wie das hier seit Tagen aussieht, ist eine Vollkatastrophe. Bin ich wirklich der Einzige, den es stört, dass überall ungewaschene Wäsche liegt und Pizzakartons herumfliegen?

In der Küche wartet die nächste Zumutung. Dosenfutter. DOSENFUTTER!! Für mich – den edlen Winston Churchill! Ich bin fassungslos!

Werner scheint das überhaupt nicht zu stören. Im Gegenteil: Er liegt fast den ganzen Tag mit seiner Zeitung im Sessel und genießt die Ruhe.

Fauch!
So ein Quatsch. Ich WILL zum Beispiel etwas Leckeres fressen – nicht so einen Dosenmüll!
Jetzt noch eine Tüte Chips, dann ist der Tag perfekt, oder? Herrlich, einfach herrlich!
Pah, ich bin raus! Soll der hier weiter verschlumpfen, ich besuche meine Freunde im Innenhof!
CHIPS

… und stellt euch vor:
Heute gab es dann den Rest aus
der Dose von gestern! Direkt aus dem
Kühlschrank! Kann man das glauben?
Wisst ihr, wie kalt das ist?

Was ist ein Kühlschrank?

Mann, Mann, Mann – diese Hofkatzen! Keine Ahnung von der Welt da draußen!

Lebende Mäuse! Widerlich! Ich habe noch nie verstanden, warum die Hofkatzen so wild darauf sind, sich ihr Essen selbst zu fangen.

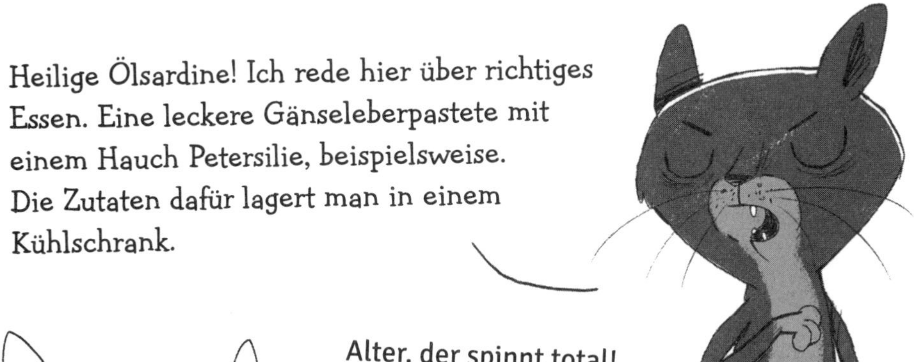

Ich glaube, es würde dir guttun, dich mehr wie ein Kater zu benehmen.
Ich benehme mich doch wie ein Kater, Odette!
Nein. Ein Kater braucht keinen Kühlschrank. Oder ein aufgeräumtes Wohnzimmer. Ein Kater braucht die Freiheit!
Ich bin frei!
Nein, du gehörst den Menschen.

Quatsch. Ich kann machen, was ich will. Aber die meisten Sachen will ich nicht, viel zu anstrengend! Ich bin froh, wenn Babuschka, Kira und Anna wieder da sind. Die kümmern sich um mich.

Wo sind die denn?

Kira ist auf Klassenfahrt, Anna besucht Freunde und Babuschka hilft einer Bekannten dabei, ein Fest vorzubereiten. Diese Woche sind Werner und ich ganz allein. Schrecklich!

Ist doch super! Dann kannst du mit mir auf die Jagd unseres Abendessens gehen!

Auf gar keinen Fall!

Jetzt wäre ein Nickerchen nicht schlecht … am besten kuschelig im Wohnzimmer.

Junge, Junge – da überfällt eine Bande offenbar die Villen an der Alster!
Na und, wen kümmert's?
Da mache ich mir glatt Sorgen um Babuschka – schließlich findet das Fest, das sie organisiert, auch in einer Alstervilla statt.
Schluck? Jemand könnte UNSERE Babuschka überfallen? Wenn sie nicht wiederkommt, bin ich geliefert!
Na, es wird schon nichts passieren. Unsere Babuschka ist unverwüstlich!

In dieser Nacht schlafe ich sehr schlecht …

Heilige Ölsardine! Bin ich fertig!
Aber Gott sei Dank alles nur geträumt!
GÄHN!

KLINGEL!
DINGDONG!
Nanu? Es klingelt an der Tür! So früh?

Guten Morgen, Möller und Aktan, Kripo Hamburg! Sind Sie Werner Hagedorn?
Ja, der bin ich. Was gibt es denn?
Wir kommen wegen Dimitra Kovalenko. Die Dame wohnt hier mit Ihnen?
Ja, sie ist meine Schwiegermutter. Was ist denn passiert?
WAAAAAHHHH!!!
MAUNZ!!!!
Herr Hagedorn, Ihre Schwiegermutter wurde Opfer eines Überfalls. Sie ist im Krankenhaus.

Die Alsterräuber! Von denen hat mir Werner doch gerade erst erzählt!

Ihre Schwiegermutter möchte natürlich ihre Familie sehen.
Bin schon unterwegs! Meine Frau und meine Stieftochter kommen aber eigentlich erst morgen nach Hamburg zurück. Ich rufe sie sofort an.
Ich fasse es nicht – mein Albtraum ist wahr geworden! Meine arme Babuschka, ich muss unbedingt mit ins Krankenhaus! Nur wie?!

Unverschämtheit! Zugenommen habe ich bei der schlechten Verpflegung in letzter Zeit garantiert nicht! Werner muss einfach mehr Sport machen, wenn er so schwach ist!

KURZ DARAUF IM KRANKENHAUS ...

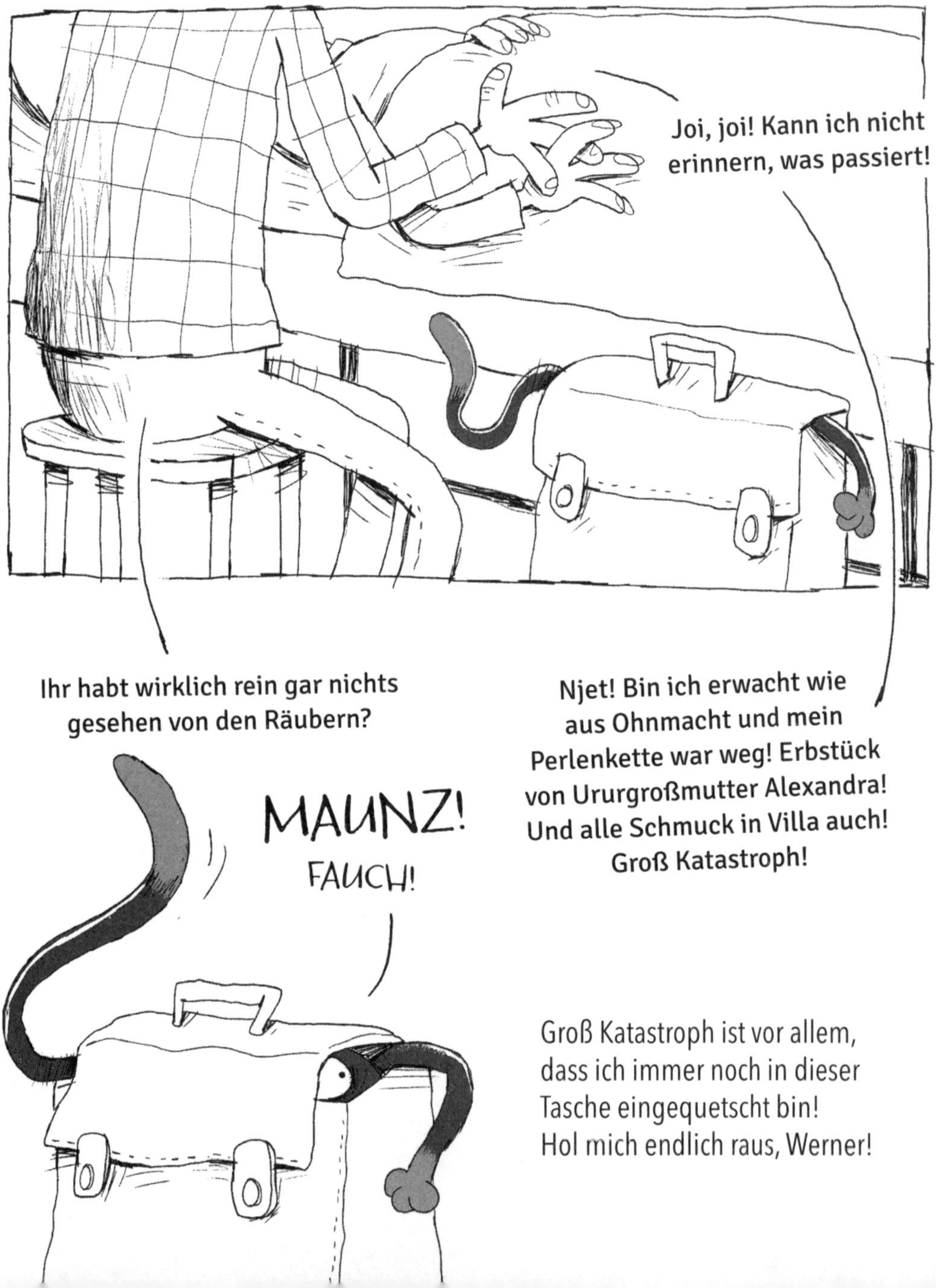

Was dadrin? Hast du mitgebracht Kater?

Ja, er wollte unbedingt mit. Ich dachte, wo Anna und Kira doch nicht so schnell zu dir kommen konnten, würdest du dich vielleicht über ihn freuen.

Sehr freue mich! Hol schnell aus Tasche den guten Winston!

Guter Kater! Willst du arme Babuschka trösten? So ein feiner Winston!

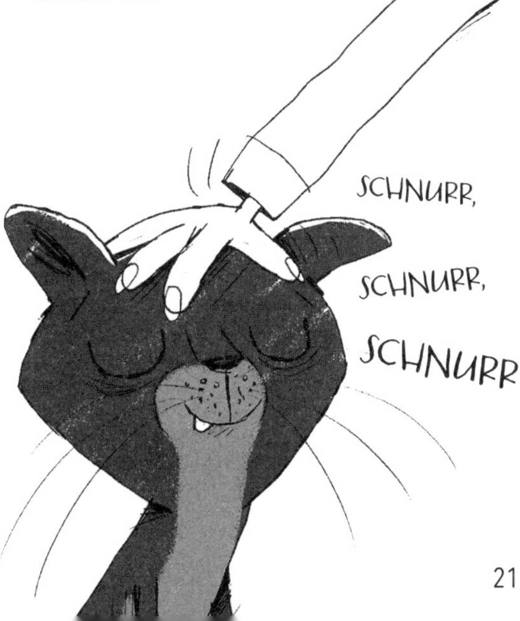

Nanu? Was ist das? Regnet es hier etwa rein?

SCHLUCHZ! HEUL!

Bin ich so unglücklich!
War Kette Erinnerung an
meine Familie in Russland!
Alles nun ist verloren!

Oh nein, unsere Babuschka ist
richtig unglücklich! Das tut mir leid!

Nicht verzweifeln, Dimitra! Vielleicht findet die Polizei die Kette schon bald wieder.
Njet! Polizei nix gut! Hat gesagt, bisher kein Spur von Alsterräuber! fünf Häuser schon überfallen, aber keine Spur! Kommen nachts, niemand merkt!

Vergiss die Polizei, Werner! Ich glaube, das ist ein neuer Fall für …
SUPER WINSTON!
SW

AM NÄCHSTEN TAG IM HINTERHOF …

Stimmt! Und wenn jemand noch mal unauffällig nach Spuren suchen kann, dann doch wohl wir, das Katzenteam!
Okay, Odette hat zwar keine Ahnung von den Vorzügen eines Kühlschranks, aber ansonsten ist sie einfach eine Klassefrau!

Ich schlage vor, wir schauen uns alle Häuser mal genauer an. An der Alster können wir uns ganz hervorragend auf die Grundstücke schmuggeln: nämlich von der Wasserseite. Da bemerkt uns niemand.
Von der Wasserseite? Du meinst, wir müssen vielleicht schwimmen? SCHWIMMEN? Durch das WASSER??

Klar, warum denn nicht?
Weil wir KATZEN sind. Keine Fische.
Und wir Katzen HASSEN das Wasser!
Aber hallo!
Ganz genau!
Mmh!
Sehr richtig!
Jawohl!

Ich bin auch kein Freund von Wasser, aber ich kann Odette jetzt schlecht im Regen stehen lassen. Um mal beim Wasser zu bleiben.

Machen Winston und ich auch, ihr Weicheier! Und ich frage noch ein paar Freunde, die ausgezeichnete Schwimmer sind!
Weltklasse! Odette hat noch ein Ass im Ärmel! Ich weiß zwar nicht, wen sie meint – aber ich bin begeistert. Vor allem, wenn ich dann selbst nicht schwimmen muss!

Ah ja? Wer soll das denn sein?
Jemand, den du auch gut kennst.
Nun mach's mal nicht so spannend!
Raggety und seine Ratten. Die können richtig gut schwimmen.

Oh nein! Raggety, die Ratte? Der alte Angeber?
Dann schwimme ich lieber selbst.

Du hast gesagt, dir macht Schwimmen nichts aus.
Tut es auch nicht.
Wir können immer noch Raggety fragen.
Auf gar keinen Fall.
Na, dann los!

WÜRG!
ÄCHZ!

Heilige Ölsardine! Hier soll ich reinspringen?

Was heißt hier »Theater«? Ich bin ein eleganter Britisch-Kurzhaar-Kater, keine stinkende Ratte! Wenn es nicht für Babuschka wäre, hätte ich mich längst aus der Nummer verabschiedet!

Ich fühle mich wie ein nasser Schwamm. Und ich hasse dieses Gefühl! Das behalte ich aber lieber für mich, denn ich bin mir sicher, dass mich Odette sowieso schon für das Mega-Weichei hält.

WELCOME

Ich hab's geahnt – ich hätte mich doch auf den Deal mit den Ratten einlassen sollen!

ÄCHZ

EINE WEILE SPÄTER … ENDLICH WIEDER AUF DEM SOFA

Ja, ich weiß auch schon, was ich nicht mehr machen werde.
Was denn?
Die Beweismittel im Maul transportieren. In meinem Maul sind jetzt noch Haare. Sehr nervig!
Aber sehr heldenhaft von dir! Darf ich dir dafür einen Happs Geflügelleberpastete anbieten?
Vielleicht später. Jetzt schlaf ich erst mal eine Runde.

Eine ausgezeichnete Idee! Ich brauche auch dringend Ruhe …
Beweismittel? Schwarz-weiße Haare? So wie bei uns? Haben wir irgendwas gemacht?

… aber da habe ich die Rechnung leider ohne meine Kids gemacht!

FAUCH!
Schluss jetzt! Wir ermitteln in einer Straftat!
Menno! Voll doof! Wir wollen auch mitmachen!

Na gut, dann kommt mit in den Hof zu den anderen. Ihr gebt ja vorher doch keine Ruhe!
Wie jetzt? Ich dachte, wir wollten eine Runde schlafen? Menno!

Und es lagen wirklich in allen fünf Häusern diese schwarz-weißen Haare. Immer vom Ufer zum Hintereingang.

Interessant. Also Katzenhaare sind das nicht.
Riecht nicht nach Hund. Riecht nach … hm … weiß nicht.
Hundehaare vielleicht?

Vielleicht Katzen? So wie wir?
Wie Mama und Papa. Weiß und schwarz!
Nein. Ich glaube auch nicht, dass es Katzenhaare sind.
Welches Tier auch immer es ist – es hat die Villa überfallen und dabei Babuschkas Kette geklaut. Und die werden wir zurückholen – so wahr ich SUPERWINSTON heiße!
Seit wann heißt du denn Superwinston?
Idiot! Natürlich heiße ich so! Oder sollte jedenfalls so heißen!

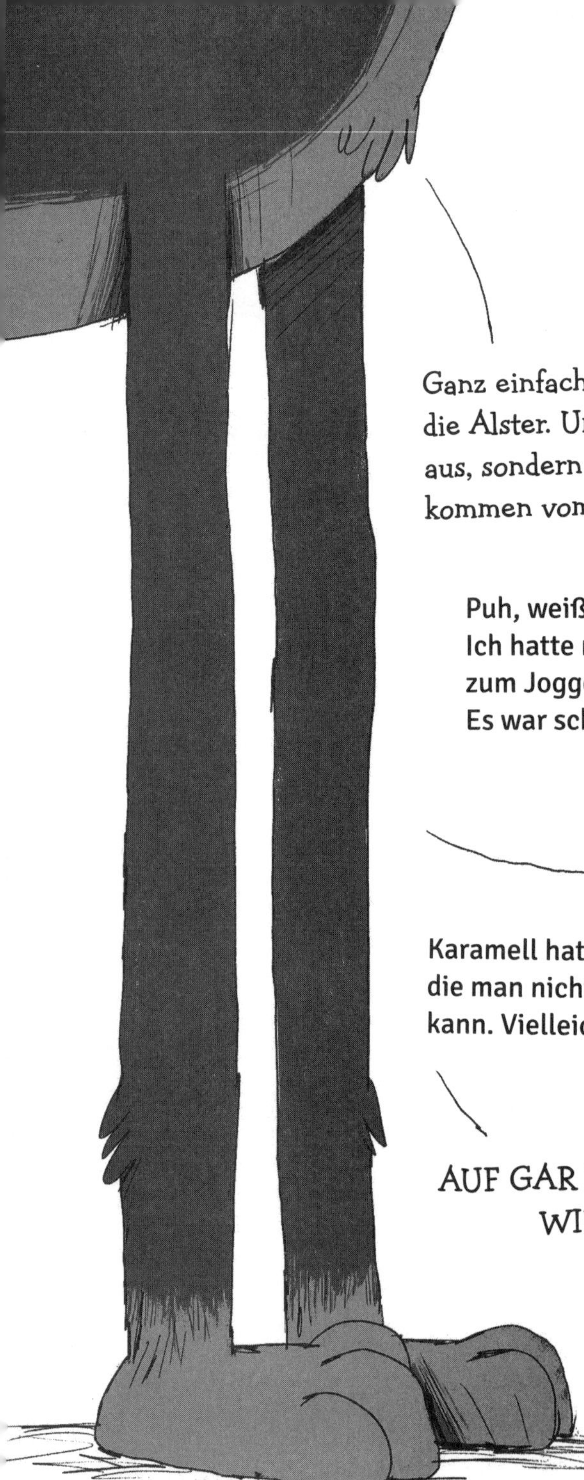

Na gut, Superwinston.
Wie ist dein Plan?

Ganz einfach: Wir observieren nachts die Alster. Und zwar nicht von der Straße aus, sondern von hinten. Denn die Räuber kommen vom Wasser aus.

Puh, weißt du, wie groß die Alster ist? Ich hatte mal ein Herrchen, das wollte mich zum Joggen mitnehmen. Mich, einen Kater! Es war schrecklich und dauerte ewig.

Karamell hat recht. Das ist eine Strecke, die man nicht mit fünf Katzen überwachen kann. Vielleicht sollten wir doch die Ra…

AUF GAR KEINEN FALL FRAGEN
WIR DIE RATTEN!!!

Wir teilen uns den Abschnitt der Alster auf, an dem die vornehmsten Häuser direkt am Wasser stehen. So lang ist der nicht. Ihr werdet sehen, das klappt.
Aye, aye, Sir!

Siehst du was?
Ne, nix.

Nix zu sehen, oder?
Ne, gar nix.

Schon wieder nix.
Überhaupt nix.

GÄHN.
SCHNARCH.

Aber jetzt?
Nein. Einbildung.
Da ist nichts.

Jetzt?
Nein. Nichts.

Ich seh immer noch nichts!
Ich auch nicht.

NICHTS!!!
EINFACH NICHTS!

Nach vielen Nächten Dauerobservation haben wir immer noch keine Räuber – aber ich einen krassen Schlafmangel!

Leider liegt Werner auf MEINEM Sofa.
Das wäre sonst ein super Platz für ein Nickerchen.
ACH DU SCHRECK!!!
Winston, stell dir vor! Da ist gestern schon wieder eine Villa überfallen worden!
ÜBERFALL
WIEDER ÜBERFALL IN
LSTER-VILLA...
WAS?? Das kann gar nicht sein! Ich muss zu den anderen, und zwar sofort!

Die Räuber waren da und wir haben nix bemerkt – die Alster ist viel zu groß, um sie zu überwachen!
Ich fürchte, Karamell hat recht. Ich sehe da nur eine Lösung. Du musst die Ra…
NEIN!!! Raggety ist ein aufgeblasener Angeber! Ich werde ihn nicht fragen!
Ich verstehe zwar, was du meinst. Aber ohne Hilfe wird es schwer, Winston. Denk an Babuschka!

GRRRRRR!!!!
Bitte, Winston!

WENIG SPÄTER IN RAGGETYS REVIER …

Als Kater von wahrer Größe habe ich natürlich überhaupt kein Problem damit, Raggety um Hilfe zu bitten.

Es kommt mir einfach nicht über meine nicht vorhandenen Lippen.

ÄCHZ … STÖHN …

SCHLUCK!
Raggety, wir brauchen eure Hilfe!
GRRR, doofe Ratte!
Schon mal von der Alsterräuberbande gehört?
Was ist es DIESMAL?
Logo. Überfallen die Villen an der Alster. Kratzt mich aber nicht. Menschenkram!
Tja, leider ist Babuschka letzte Woche von denen überfallen worden. Jetzt ist ihre Lieblingskette futsch und wir wollen sie zurückholen.
Dafür müssen wir die Bande finden.

Und deswegen wollen wir die Alster überwachen. Und zwar die ganze Nacht.

Dafür sind wir aber zu wenig Katzen. Würdet ihr uns unterstützen?

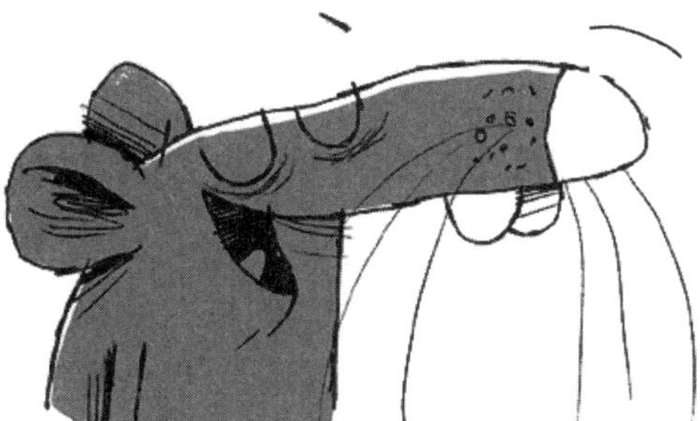

Klaro! Nachts, Wasser, Spürnasen – ihr habt euren Experten gefunden! Warum seid ihr nicht schon früher gekommen?

Äh … wir … äh … es ist mir irgendwie nicht früher eingefallen.

EXPERTE! Dass ich nicht lache! Er ist und bleibt ein Angeber!

Ja, Raggety ist ein Angeber. Aber die nächsten beiden Nächte haben wir wirklich genug Spähtrupps für das gesamte Ufer.

1. Nacht

Siehst du was?

Ne, ich seh nix. Du?

Ne, ich auch nicht.

2. Nacht

Siehst du was?

Ne, ich seh nix. Du?

Na ja, zumindest einen wunderschönen Vollmond. Ist ja auch was.

Hm. Stimmt. Wobei, dahinten, ist da nicht was?

Wo denn? Ich seh nichts.

Na, dahinten!

Da! Das Schiff! Siehst du es jetzt!
Ja, jetzt sehe ich es auch!
Schnell! Wir müssen
Raggety Bescheid sagen!
Ne, wir müssen Winston Bescheid sagen!
Raggety!
Winston!

Oh Mann, die
kommen an Land!

Jetzt aber los, Raggety UND Winston
Bescheid sagen!

An der Brücke dahinten legt ein Boot an!
Ein riesiges Segelschiff!
Kommt schnell mit!

Heilige Ölsardine! Piraten! PIRATEN!!!!

Was sind das für Typen?
Ich würde sagen ... hm ... die sehen aus wie ...

Waschbären? Habe ich noch nie im Leben live gesehen. Höchstens mal im Fernsehen, wenn ich mit Kira zusammen so eine Natur-Doku geguckt habe.

Die Waschbärenmannschaft geht von Bord.
Um eine Villa zu überfallen, da bin ich mir sicher!
Los! Hinterher! Diese Piraten sind die Alsterräuber, das ist sonnenklar!
Nein, wir schlagen erst zu, wenn wir sie auf frischer Tat ertappen.

Sollen wir die Verbrecher nicht gleich dingfest machen?
Genau – dann können sie nichts mehr abstreiten, und wenn wir damit drohen, die Menschen zu rufen, rücken sie vielleicht Babuschkas Kette gleich wieder raus.

Also nehmen wir die Verfolgung auf. Die Räuber lassen sich allerdings Zeit mit ihrem ersten Verbrechen.

Verdammt! Die Nacht ist fast rum und die doofen Waschbären haben noch keine einzige Villa überfallen!
Wo wollen die hin? Ich dachte, die rauben jetzt reiche Hamburger aus!
Das dachte ich auch.
Scheint so, als wollten die zu ihrem Schiff zurück.

Tatsächlich, die hauen ab!
Das verstehe ich nicht! Sind das vielleicht gar nicht unsere Räuber?

PLOPP

Alter Falter, was war das denn?
Und wo ist das Schiff?
Unglaublich. Es ist verschwunden. Das Piratenschiff ist einfach weg!

Ein Schiff, das sich in Luft auflöst – das schreit natürlich nach einer Lagebesprechung in unserem Hauptquartier!

Vielleicht sind das gar nicht eure Räuber?
Quatsch. Natürlich sind die das! Piraten, die an der Alster anlegen und niemanden ausrauben?
Es hilft nichts. Wir müssen weiter nach ihnen Ausschau halten. Und ich weiß auch schon, wie ...

Odettes Idee, rund um die Uhr den Anlegeplatz der Piraten zu überwachen, ist theoretisch nicht schlecht. Theoretisch. Rein praktisch habe ausgerechnet ich die Schicht erwischt, in der ich normalerweise einen kleinen Mitternachtssnack zu mir nehme.
MIAU!
HUNGER!

Hm, riecht lecker … ein bisschen wie das Gulasch von Babuschka. Aber woher kommt es?

MAUNZ!
AUA!

Was war das? Worüber bin
ich denn bloß gestolpert? Etwa
über meine eigenen Pfoten?

Heilige Ölsardine! Was auch immer es ist, es ist unsichtbar!

Wahnsinn! Es fühlt sich unter meinen Pfoten an wie ein Seil,
aber ich kann es nicht sehen!

Hm, eine Mauer?
Ein Zaun? Was ist das?

Bei meinem Kratzbaum –
bin ich etwa auf dem Piratenschiff?

ICH BIN AUF DEM PIRATENSCHIFF!

Ich fasse mal zusammen: Die Piraten sind anscheinend nicht an Bord. Und der Kollege hier kocht etwas verdammt Leckeres!

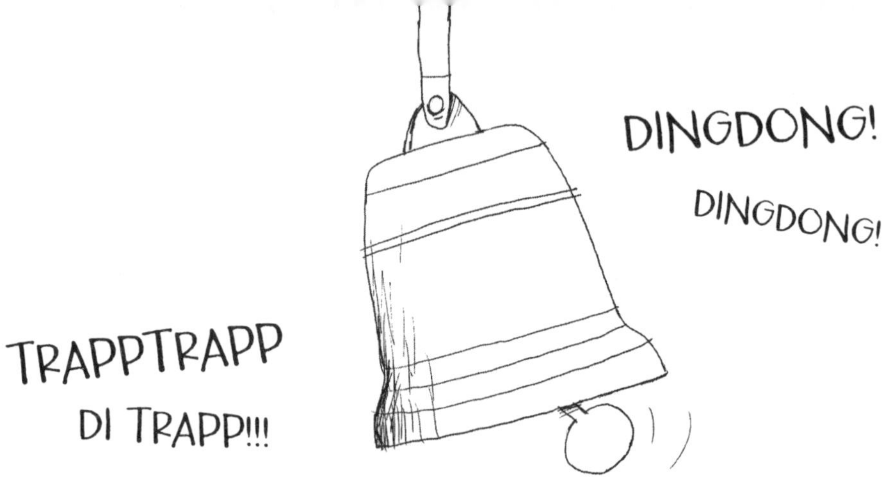

Verdammt, die Piraten kommen zurück! Ich muss mich verstecken!

Das ist meine Chance – wenn die alle essen, komme ich vielleicht wieder heil von diesem Schiff, bevor sie mich entdecken! Also raus aus dieser Kiste und dann nix wie weg!

Verdammt! Aua! Was ist das?

Ach du Schreck! Ich hocke auf der Beute der Piraten! Ob hier auch Babuschkas Kette ist?

Leider nein!

Heilige Ölsardine! Wenn sie das machen, haben sie mich sofort!

Wer ist da?
Wer? Und vor allem: wo?
Aua! Pass doch auf!
Na, ich!
Direkt unter dir!

Wer bist du?
Geronimo der Große!

Muharhar! Geronimo der Große?
Du bist die kleinste Maus, die ich je gesehen habe! Ich lach mich tot!
AAAAHHHH!
FAUCH!!!!
Bist du irre?
Nö! Ich bin nicht klein. Du bist einfach groß und fett!
Dich fress ich gleich in einem Stück!

Okay, ich würde natürlich niemals eine lebende Maus fressen. Aber das muss ich dem Kleinen ja nicht stecken. Schließlich könnte ich wirklich Hilfe brauchen.

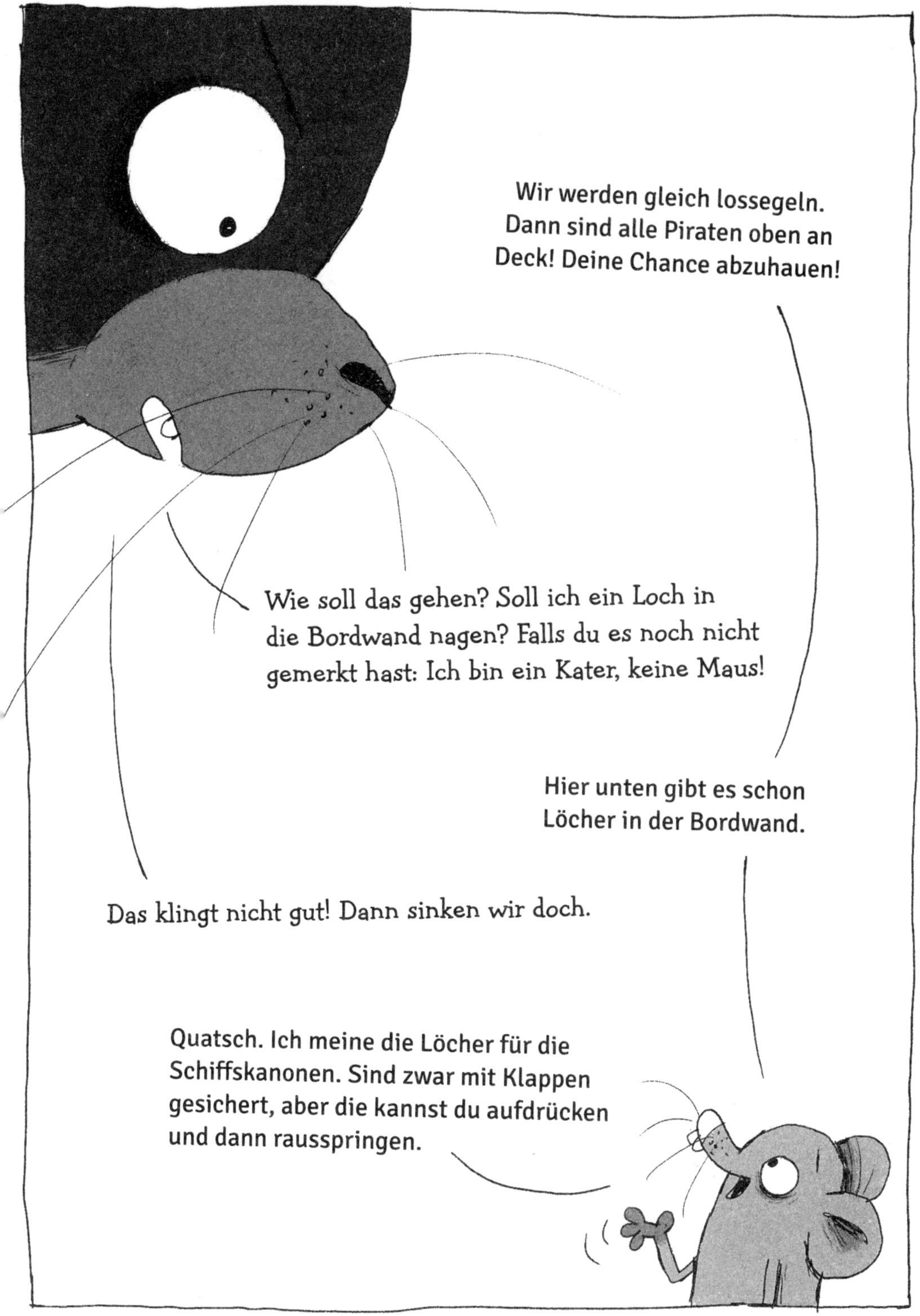
Wir werden gleich lossegeln. Dann sind alle Piraten oben an Deck! Deine Chance abzuhauen!
Wie soll das gehen? Soll ich ein Loch in die Bordwand nagen? Falls du es noch nicht gemerkt hast: Ich bin ein Kater, keine Maus!
Hier unten gibt es schon Löcher in der Bordwand.
Das klingt nicht gut! Dann sinken wir doch.
Quatsch. Ich meine die Löcher für die Schiffskanonen. Sind zwar mit Klappen gesichert, aber die kannst du aufdrücken und dann rausspringen.

Ich soll mich durch die Schießscharten zwängen?
Klar. Du bist zwar fett, aber nicht so fett wie ein Kanonenrohr.
Aber dann fall ich doch ins Wasser. Außerdem bin ich auf der Suche nach einer Kette, die hier an Bord sein muss!
Vergiss die Kette! Hau lieber ab! Sonst entdecken dich demnächst die Piraten. Oder noch schlimmer: die Grimbärtin!
Die Grimbärtin?
DIE GRIMBÄRTIN!!!

Irgendwas an der Art, wie Geronimo GRIMBÄRTIN sagt, gefällt mir überhaupt nicht!
Wer ist denn die Grimbärtin?
Die Grimbärtin ist …

Wo bleibt die Kiste, Matrosen?
RUMPEL!
DENGEL!
Schnell! In Deckung!

Uah, ist die schwer!
Kein Wunder, so randvoll mit Gold und Juwelen!
Nur sehr schade, dass wir gar nichts davon haben, sondern alles der gierigen Hexe in den Rachen werfen müssen!
Verflucht sei die Grimbärtin!
MUHARHAR!
Haha, guter Witz! Leider sind wir die Verfluchten, bis ans Ende unserer Tage!
Hexe? Fluch? Ich muss unbedingt herausfinden, was hier gespielt wird!

DIE LEINEN LOS!
BEEILT EUCH, IHR RÄUDIGEN FAULPELZE!
ÄCHZ!
STÖHN!

Winston, nun geh schon! Du musst hier weg!

Ne, ich hab's mir anders überlegt. Ich gehe erst wieder, wenn ich weiß, was hier vor sich geht. Und ich Babuschkas Kette gefunden habe.

Seufz!

Also, was ist das für eine krasse Geschichte mit Hexen und Flüchen? Und wer ist die Grimbärtin, vor der du solche Angst hast?

Also, das war so …

Vor langer Zeit lebten die Waschbären in den Elbauen weit vor Hamburg.

Der Kapitän und seine Mannschaft fuhren mit ihrem Schiff, der Windsbraut, auf die Elbe hinaus und fingen Fische, Krebse und Frösche. Ihre Familien am Ufer waren satt und alle waren glücklich.

Vor den Elbauen gab es eine Insel. Und über diese herrschte die Grimbärtin, eine sehr mächtige Hexe in der Gestalt eines Dachses.

Die Grimbärtin beobachtete den jungen und schneidigen Waschbärenkapitän jeden Tag von ihrer Insel aus. Wie er mit seinen Matrosen an ihr vorbeisegelte, die dicksten Fische fing und außerdem sehr witzig war. Er war einfach ein Teufelskerl.

Tja, und irgendwann verliebte sich die Grimbärtin in ihn.

Momentchen mal! Du willst mir erzählen, dass sich ein Dachs in einen Waschbären verliebt hat?

Genauso war es.

Ich bin jetzt wirklich kein Fachmann, aber sind Dachse nicht viel größer als Waschbären? Das wäre ja, als ob ich mich in einen Löwen verliebe. Oder wenigstens in einen Luchs.

Genau das war das Problem. Die Grimbärtin gestand dem jungen Kapitän ihre Liebe. Der aber lachte nur und sagte: »Du bist mir viel zu groß und zu plump, du alter Dachs! Ich liebe längst eine andere, eine zauberhafte und zarte Waschbärin.«

Der Grimbärtin brach es das Herz. Erst war sie todtraurig, dann unglaublich wütend!

Als sie eines Tages den Kapitän glücklich mit seiner jungen Familie am Ufer entlangspazieren sah, rächte sie sich, und zwar auf eine furchtbare Art und Weise: Seine Frau verwandelte sie in einen großen Stein …

… und den jungen Kapitän verfluchte sie. Er und seine Mannschaft sollten fortan als Piraten Gold und Juwelen für sie rauben, und zwar unsichtbar, ihrer eigenen Gestalt beraubt.

Nur alle vier Wochen, bei Vollmond, würden sie sichtbar sein und an Land gehen dürfen …

… der Fluch kann nur gelöst werden, wenn der Kapitän auf dem Schiff, unter voller Fahrt und vollen Segeln, der wahren Liebe Kuss erhält. Dann sind er und die Mannschaft frei …

Und wo genau ist die Grimbärtin jetzt?

Immer noch auf ihrer Insel. Dort segeln wir gerade hin, denn vor der Insel ist der Ankerplatz der Piraten. Nach Hamburg segeln sie nur für Raubzüge oder bei Vollmond, um ihre Familien zu besuchen.

Und auf der Insel bunkert die Hexe die Beute der Piraten?
Genau.
Dann muss ich auf die Insel. Dort wird auch Babuschkas Kette sein.
Bist du irre? Du kannst da nicht hin. Wenn die Grimbärtin dich entdeckt, bist du erledigt!
Man merkt, dass du mich nicht kennst. Ich bin schließlich nicht irgendeine Katze, ich bin …

Kapitän! Alarm!
Blinde Passagiere an Bord!
Verdammt!
Aufgeflogen!
Hab ich euch erwischt,
kommt mit!

Wen bringst du mir da, Maat Wilson?
Zwei blinde Passagiere, Kapitän!
Habt ihr es etwa auf unsere Beute abgesehen?
Äh, nein, ich nicht, aber der Kater …
Ich bin aus Versehen auf dieses Schiff gefallen, ich hab's gar nicht gesehen, ich schwör!
Ein Versehen? Wir sollten euch kielholen lassen, aber ich lasse Gnade vor Recht ergehen. Ich verschone euer Leben, aber ihr verlasst sofort das Schiff!
Wir verlassen das Schiff? Wie denn? Wir sind mitten auf der Elbe!

Hey, sieh dir die an! Die brauchen 'ne Kiste, um zu schwimmen. Echt peinlich! Katzen und Mäuse. Das sind einfach echte Verlierer.

Ich kann euch hören!

Na und? Stimmt doch. Oder findest du, dass ihr gerade wie Sieger ausseht?

Ich musste lediglich meine Reisepläne ändern. Mit Gewinnen oder Verlieren hat das nichts zu tun.

Reisepläne ändern! Der war gut!
Ne, jetzt mal im Ernst: Bist du nicht der verrückte Kater? Dieser Winston? Ich bin ein Cousin von Raggety. Komm, ich bringe euch nach Hause, bevor ihr noch verloren geht.

Das ist eindeutig der Tiefpunkt meiner Karriere als Superheld. Zwei Ratten retten mich mit einer Maus aus der Elbe. Wie tief kann man sinken?

Winston, wo warst du?
Wir haben uns Sorgen gemacht!
Ich war AUF dem Piratenschiff!
Auf dem Weg zu einer Hexe!
Und das war dein Reiseproviant?
Warum hast du ihn nicht gefressen?
Hey, pass auf, was du sagst, fetter Kater!
Das ist Geronimo. Er hat mir vom Fluch der Piraten erzählt. Und deswegen habe ich jetzt einen Plan, wie wir an Babuschkas Kette kommen!

Fluch klingt gruselig,
Plan klingt gut! Erzähl!

Die Piraten verstecken ihre Beute auf einer Insel. Aber wir können ihnen nicht folgen, weil sie durch einen Fluch unsichtbar sind. Außer bei Vollmond.

Abgefahren! Und was ist jetzt dein Plan?

Wir werden ihnen trotzdem folgen. Alles, was wir dafür brauchen, ist der Vollmond, ein Seil und ein Brett. Und die Hilfe von Raggety & Co. …

Ich hoffe, mein Plan wird funktionieren.
Dafür frage ich sogar freiwillig die Ratten …

BEIM NÄCHSTEN VOLLMOND …
Gleich knoten wir unser Floß mit dem Seil an das Piratenschiff.
Und das merken die nicht?
Wir legen uns auf die Rückseite und bleiben dann ganz dicht unten am Schiffsrumpf. Da sind wir praktisch unsichtbar.
Und wozu brauchen wir die Ratten?
Weil ihr es ohne uns nicht hinkriegt. Wir sind exzellente Schwimmer!

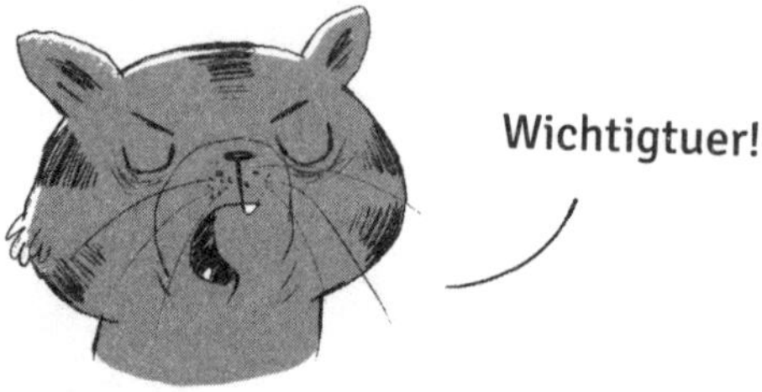

Kein Streit! Wenn wir vor der Insel angekommen sind, schleppen uns die Ratten auf die Insel. Wir holen uns die Kette, und bevor die Hexe etwas merkt, schleppen uns die Ratten schnell ans Elbufer und wir laufen nach Hamburg.

Äh, das hatte ich fast vergessen: Auf der Insel wacht eine Hexe in Dachsgestalt über den Piratenschatz. Sie hat den Kapitän und die Mannschaft verflucht. Aber macht euch keine Sorgen, das kriegen wir schon hin.

Ich habe noch etwas Wichtiges zu erledigen. Wir treffen uns, wenn der Mond in die Baumwipfel sinkt!
AYE, AYE, KÄPT'N!

Los, Winston, hinterher! Ich will wissen, was er so Wichtiges zu erledigen hat!
Warum denn? Das ist für unseren Plan doch egal.
Ich habe so ein Gefühl, dass es das nicht ist! Irgendwas ist komisch.
Na dann – aye, aye, Käpt'n!
SEUFZ! SEUFZ!!

Huch, was macht der Kapitän denn da? Wieso zieht er sich aus?
Der Kapitän ist ein Mädchen! Unglaublich!

Du hattest also recht mit deinem Gefühl!

Papa, ich glaube, Hamburg wird langsam zu heiß! Wir müssen uns eine neue Bleibe suchen!
Wie kommst du darauf, mein Schatz?
Ich glaube, wir werden seit einiger Zeit beobachtet. Erst letztens habe ich eine Katze auf der Windsbraut erwischt. Ich schwöre, die wollte uns ausspionieren!
Du meinst, die wollte an unsere Beute?

Vielleicht. Vielleicht schickt sie aber auch die Grimbärtin.
Warum sollte die das tun? Solange die ihr Gold bekommt, ist ihr doch alles egal.
Nicht, wenn sie einen Verdacht hat. Das Gold ist die eine Sache, ihre Rache eine andere.
Du meinst?
Wenn die Grimbärtin merkt, dass ich an deiner Stelle zur See fahre, weil du zu alt dafür bist, wird sie fuchsteufelswild werden. Sie will, dass du leidest!
Nicht nur die Hexe wäre wütend. Denk mal an die Mannschaft: Frauen an Bord bringen Unglück! Die Piraten würden dir den Dienst verweigern!

Hab ich das gerade richtig verstanden? Die Tochter fährt für den verfluchten Vater auf dem Piratenschiff herum?
Heilige Ölsardine! Na, das nenne ich mal ein Familiengeheimnis!
Ja! Wenn das mal nicht die verhexte Kapitänsfrau ist!
Und weder ihre Mannschaft noch die Hexe weiß davon. Ja, so habe ich es auch verstanden.
Siehst du den Stein auf dem Regal?

Ich muss noch mal los, Papa.
Wohin willst du denn?
Nur kurz etwas besorgen. Nichts Wichtiges.
Pass auf dich auf, mein Kind!

Meine Schwanzspitze juckt wie verrückt – da muss also noch mehr dahinterstecken.
Finden wir es heraus!

Will sie zu dem?
Keine Ahnung.
Wer ist das? Kenne ich den?

Den hab ich doch schon mal irgendwo gesehen … Moment …

Wie eine Dienstbesprechung sieht das nun nicht gerade aus.
Ähm, nee. Wirklich nicht.
Lass uns mal näher ranrücken. Ich will hören, was die reden.
Wieso? Die reden doch gar nicht miteinander.
Glaub mir – kein Kuss dauert ewig. Irgendwann werden die auch wieder was sagen.

Harriet?
Ja?
Ich …
… ja?
Ich wollte …
Was denn?

Heilige Ölsardine! Das kann doch nicht so schwer sein! Was auch immer du sagen willst: Spuck's endlich aus!
Harriet, ich liebe dich! Nach dem nächsten Raubzug quittiere ich den Dienst und dann kann uns nichts mehr trennen!

Vielleicht ist nur unser griesgrämiger Kapitän verflucht, nicht die Mannschaft. Ich habe mich mit der Grimbärtin gut gestellt, mir wird sie nichts tun. Beim nächsten Landgang bleibe ich hier.
Aber … aber das geht doch nicht! Der Fluch! Du kannst nicht an Land bleiben.
Was hast du getan?!
Nichts Besonderes. Nur ein kleiner Tipp. Mach dir keine Sorgen!

Der Mond geht unter! Du musst los.
Ja, dieses eine Mal noch. Aber beim nächsten Vollmond bleibe ich – für unsere Liebe!

EINIGE ZEIT SPÄTER AM PIRATENSCHIFF …
Mann, wo bleibt ihr denn? Die legen gleich ab!
Wir haben eine sensationelle Entdeckung gemacht!
Mag sein, aber jetzt rauf auf das Brett!
Wo ist Spike?
Der musste mal für kleine Königstiger.
Aber jetzt verpasst er die Abfahrt!
Nicht schlimm! Ihr seid zu zweit schwer genug für Roger und mich, da muss nicht noch der dicke Spike auf das Floß!
Genau!

Sir, es wird Zeit!
Das weiß ich selbst!
Wo seid ihr so lange gewesen?
Das geht dich gar nichts an, Maat! Macht euch fertig zum Ablegen!

Unglaublich! Er merkt nichts!
Wenn der wüsste!
Wenn der was wüsste??
Isso. Erklär ich dir wann anders. Jetzt heißt es erst mal: ahoi!
Dass der Kapitän seine große Liebe ist.
Was?!

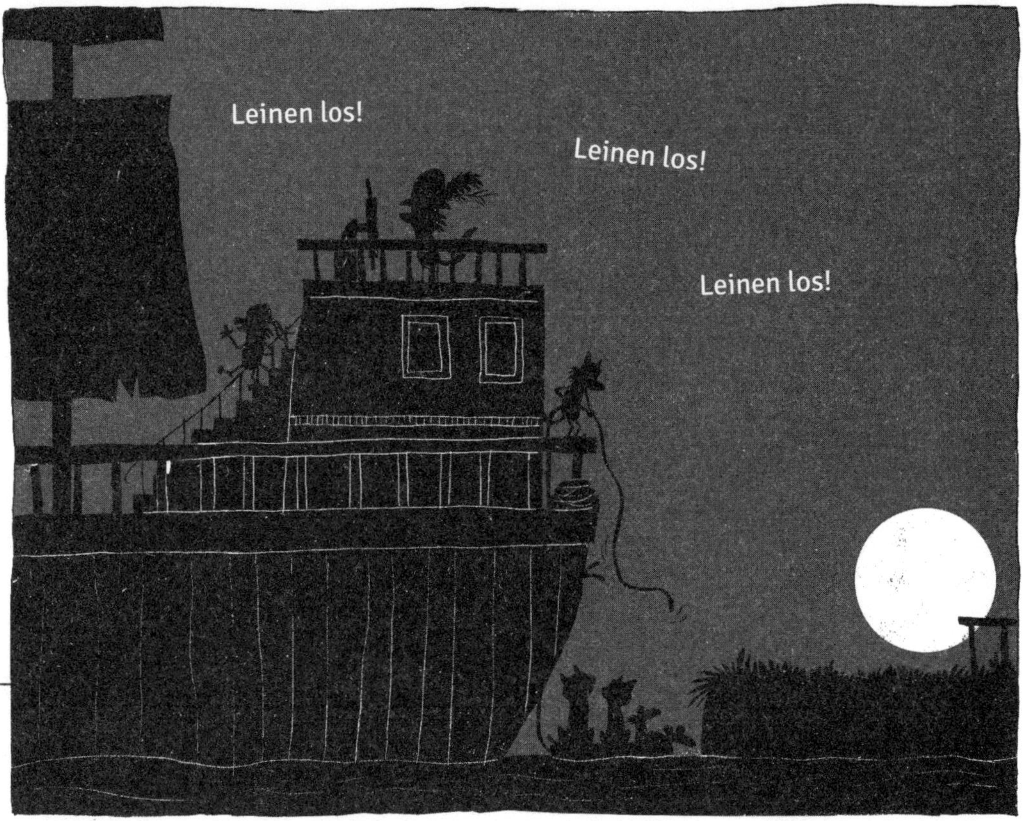
Leinen los!
Leinen los!
Leinen los!

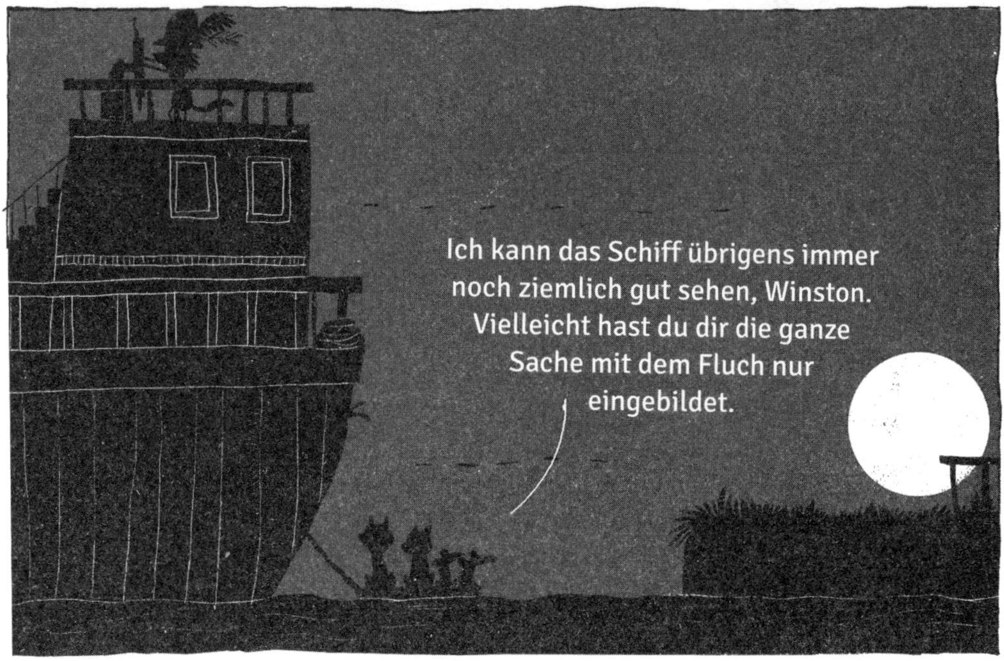
Ich kann das Schiff übrigens immer noch ziemlich gut sehen, Winston. Vielleicht hast du dir die ganze Sache mit dem Fluch nur eingebildet.

Wart's einfach ab, Ratte!
PLOPP
Der Fluch.
Hab ich doch gesagt.
W...wawawa...was war das?
Chef, ich hab da auf einmal
ein ganz mieses Gefühl!

STUNDEN SPÄTER …

RÄKEL, GÄHN, ÄCHZ, STÖHN!

Tatsächlich, da vorn ist die Insel.
Also jetzt wie besprochen? Wir schleppen euch hin, warten, ihr holt die Kette, dann schleppen wir euch zum Elbufer und wir hauen alle ab, richtig?
Goldrichtig!
Auf geht's!

So, und jetzt? Wo ist euer Schatz?
Keine Ahnung. Ich war noch nie hier. Vielleicht teilen wir uns auf und suchen?
Sagtest du nicht irgendwas von einer Hexe? Da bleibe ich doch lieber hier in Sicherheit und bewache das Floß.
Angsthase! Was ist mit euch anderen?
Lasst uns mal zur Hütte schleichen. Wenn wir dort nichts finden, sollten wir uns wirklich aufteilen.
Gute Idee!
Bin dabei!

Nichts. Keine Hexe, kein Schatz.
Okay, ich nehme das linke Wäldchen.
Ich das rechte.
Dann ich die Auen. In einer halben Stunde wieder am Floß?
JAU!

Typisch! Die Ratte macht einen netten, kleinen Waldspaziergang und ich muss mich durch diesen Urwald kämpfen! Andererseits: Ich bin natürlich viel stärker als Raggety. Der hätte hier keine Chance!

Da! Ich hab es entdeckt, das Versteck mit der Beute!
Jetzt schnell die Kette schnappen und dann ab durch die Mitte!

Momentchen mal. Irgendwie steht diese Truhe schon sehr auf dem Präsentierteller. Könnte das eine Falle sein?

Da kommt mir eine Idee …

Das hier vielleicht?

Oder das?

Das vielleicht?

Der hier sieht doch gut aus!

ÄCHZ!
Ganz schön schwer!
PLONCK!
SWUSCH!
Schluck! Da war ja mein Gefühl genau richtig! Schnell verstecken!

Gruselig! Die Hexe sieht einfach gruselig aus! Und sie unterhält sich mit jemandem, der unsichtbar ist. Was noch gruseliger ist. Allerdings kenne ich die Stimme. Es ist eindeutig Maat Wilson!

Es muss der schwarze Kater gewesen sein!

Der Maat hat uns verraten! Das ist der Gefallen, den er der Grimbärtin getan hat!

Oh nein! Katastrophe! Ich muss Odette retten!

Und jetzt schnell zum Strand!

Die Piraten haben Odette und die Ratten wirklich entführt. Wie finde ich bloß ein Schiff, das unsichtbar ist? Losschwimmen, bis ich mir die Nase anhaue?
SEUFZ!
Na gut. Losschwimmen, bis ich mir die Nase anhaue!
Uah, ist das kalt! Egal, ich tu es für Odette!

HUST!
SPRÖTZEL!
Es ist so eklig! Ich hasse Wasser! Wo ist dieses verfluchte Schiff?
So finde ich das nie. Vermutlich ertrinke ich gleich und …
GULP!
SPUCK!
KLONCK!
AUA!

Heilige Ölsardine! Ich habe das Schiff gefunden! Jetzt muss ich nur noch raufkommen. Aber das ist für Superwinston natürlich überhaupt kein Problem …
ZOSCH!

Wow, ich hab grade ’ne fliegende Katze gesehen!
Kräh! Hast du schon wieder Alkohol getrunken?
Gar nicht! Guck! Da vorn!
Da ist nix! Du bist betrunken, eindeutig!
PLONCK!

Ich bin wieder an Bord. Das ist allerdings das einzig Positive, was es hier zu vermelden gibt.

Das ist ein bisschen gelogen. Aber wirklich nur ein bisschen. Bestimmt fällt mir gleich was Tolles ein!

Odette hat recht. Es ist an der Zeit, den Kapitän daran zu erinnern, wer er wirklich ist. Oder besser: wer SIE wirklich ist!

Haha! Gewonnen! Bevor ich ihn verrate, wird der Kapitän uns freilassen! Oder besser: die Kapitänin.

WER HAT MICH BESTOHLEN? WER WAGT ES?

WO IST DIE KETTE?? WO IST DER DIEB?

Weg mit dem Kater!
Kapitän, das könnt ihr nicht zulassen! Winston hat nichts Unrechtes getan!
Es tut mir leid, es gibt keinen anderen Ausweg!
Doch, gibt es! Ihr müsst den Fluch lösen, und zwar sofort!
Das kann ich nicht!
Natürlich könnt ihr! Denkt an den zweiten Teil!
Welcher zweite Teil?
Wie man den Fluch löst!

… der Fluch kann nur gelöst werden, wenn der Kapitän auf dem Schiff, unter voller Fahrt und vollen Segeln, der wahren Liebe Kuss erhält. Dann sind er und die Mannschaft frei …

Ihr meint …
Ja, das meine ich. Ihr könnt den Fluch lösen. Hier und jetzt!

So ein Quatsch! Wo sollen wir jetzt eine wahre Liebe für den Kapitän herbekommen?
Runter von Bord mit den Katzen!
Wollt ihr wirklich Unschuldige leiden lassen?

Nein, die Katze hat recht!
Lichtet den Anker und setzt die Segel!
Das ist Wahnsinn!
Das ist unser Ende!

Habt ihr nicht gehört, was ich gesagt habe? Das ist ein Befehl! Anker lichten und Segel setzen!

Das ist das Ende!
Die Grimbärtin wird uns holen!
Wir werden alle sterben!

SEGEL SETZEN!!!

TAP
TAP
FLUPP!

ZIEH
ZIEH

FLATTER!

Verräter! Wo wollt ihr hin! Ihr könnt mir nicht entkommen!

Ich bin noch nicht fertig.
Harriet! Was … was machst du hier?
Kein Wunder, dass wir so viel Unglück haben!
Die Tochter des Kapitäns! Eine Frau an Bord!
So ein Unsinn! Diese Frau bringt euch kein Unglück, diese Frau erlöst euch alle gleich von dem Fluch!

Harriet, ich verstehe nicht … Warum hast du dich verkleidet? Und wo ist unser Kapitän?
Wilson, weißt du noch, was du mir gestern gesagt hast?
Äh, was meinst du denn jetzt?
RACHE!
Wenn das noch was werden soll, bevor wir sinken, dann macht SCHNELLER!

Ja, das stimmt.
Du hast gesagt, dass du mich liebst! Dann küss mich jetzt!
Was? Hier? Vor allen? Ich verstehe nicht.
Tu's einfach! Ich erkläre es dir später!

NEEEEIIIII
AAAAAH

NNNNNN!!!!!
HHHHHHH!!!!!

Männer, ich weiß, ich bin euch eine Erklärung schuldig.
Hört, hört!
Wo ist dein Vater?
Was war das?
In der Tat!

Mein Vater ist viele, viele Jahre unter der Last des Fluchs mit der Windsbraut gesegelt. Aber irgendwann war klar, dass er zu alt wurde, um diese Bürde weiter zu tragen. Da habe ich für ihn übernommen.
RAUN!
STAUN!
FLÜSTER!

Aber, aber warum hast du mir das nie gesagt?
Du hast es doch gehört: Frauen an Bord bringen Unglück! Und außerdem hatte ich Angst vor der Rache der Grimbärtin, wenn sie herausfindet, dass es nicht mehr mein Vater ist, der zur See fährt. Ich wollte euch nicht in Gefahr bringen.
MURMELMURMEL ...
Ach so!
Hmm, verstehe!
Und erst als Odette es gesagt hat, wurde mir klar, dass dein Kuss die Erlösung bringen und uns aus den Klauen der Grimbärtin befreien würde. Weil es der wahren Liebe Kuss war!

Na ja, ich hab's nicht nur wegen des Fluchs gemacht. Ich, äh, ich liebe dich auch!
Jetzt habe ich es auch verstanden. Die Mannschaft dankt dir!

So, ihr beiden Turteltäubchen – wenn ihr genug Süßholz geraspelt habt, würde ich gern mal losgebunden werden. Außerdem muss ich dringend zurück nach Hamburg. Ich bin ein viel beschäftigter Geschäftsmann!

Bindet sie los. Und dann Kurs Hamburg!
Aye, aye, Sir! Kurs Hamburg!

Ahoi, Papa!
Ahoi, Kapitänin!

Harriet, eure Ankunft hat sich wie ein Lauffeuer unter den Hamburger Waschbären herumgesprochen. Ich konnte es erst gar nicht glauben, aber ihr seid wirklich wieder da!

Mutter! Du lebst!

Ja, deine Mutter ist auf einmal kein Stein mehr! Und die Windsbraut ist nicht unsichtbar, obwohl kein Vollmond ist! Was ist geschehen?
Lange Geschichte! Erzähle ich nachher zu Hause. Aber jetzt muss ich erst einmal ein paar Freunde verabschieden.

Meine lieben Katzen, ich danke euch von Herzen, denn ihr habt uns heute gerettet. Wir sind wieder frei!
Und ich kann endlich bei meiner Liebsten bleiben. Obwohl … ich ja schon die ganze Zeit, ohne es zu wissen, mit ihr zusammen war!
Lebt wohl. Und …
… bringt das zu seiner Besitzerin zurück.

Danke, Harriet! Und viel Spaß bei deinem neuen Leben an Land!
An Land? Oh nein! Ich werde weiter mit der Windsbraut segeln. Frauen an Bord bringen schließlich alles andere als Unglück!
Und ich mit dir! Auch auf einem Handelsschiff kannst du einen Maat schließlich gut gebrauchen.
Aye, aye, auf unsere neue, alte Kapitänin Harriet, sie lebe hoch!

Puh, endlich wieder auf meinem geliebten Sofa!

Keine Sorge. Ich habe die Kette dahin gelegt, wo Babuschka sie sofort sieht, wenn sie die wichtigste Sache des Tages erledigt.
Hä? Die wichtigste Sache des Tages?
AAAAH! WINSTON!!!
Schnell! In die Küche!

Da! In deinem Napf! Die Perlenkette von Ururgroßmutter Alexandra! Wie kommt da rein?

Bester Kater! Hast du wieder-geholt liebstes Erbstück von böse Räuber! So guter Winston, bekommst du Extraportion Gänseleber!
SCHNURR-
SCHNURR-
SCHNURR

PLOING!!!

Miau! Der wahren Liebe Kuss! Auch eine tolle Sache, wenn man gar nicht verflucht ist!

WINSTON

FRAUKE SCHEUNEMANN,

AUTORIN: geboren 1969 in Düsseldorf, ist promovierte Juristin. Sie absolvierte ein Volontariat beim NDR und arbeitete anschließend als Journalistin und Pressesprecherin. Seit 2002 ist sie freie Autorin. Ihre Romane um den Kater Winston waren monatelang auf den Bestsellerlisten. Frauke Scheunemann ist verheiratet und lebt mit ihrem Mann, ihren vier Kindern und dem kleinen Hund Elmo in Hamburg.

NIKOLAI RENGER, ILLUSTRATOR: ist in Karlsruhe geboren und studierte Visuelle Kommunikation an der HFG in Pforzheim. Er ist als freiberuflicher Illustrator für verschiedene Verlage und Agenturen tätig und arbeitet seit 2013 im Atelier Remise in Karlsruhe.

Band 1: ISBN 978-3-7432-0612-0

Kater Winston hat es nicht leicht: Wegen eines verführerischen Mettbrötchens gerät er aus Versehen in eine Ausstellung ägyptischer Mumien. Wie das jetzt? Egal. Denn wer konnte schon ahnen, dass ausgerechnet hier sein nächster Fall warten würde? Die Katzenmumie Miu braucht dringend Winstons Hilfe. Die goldene Totenmaske des Pharaos wurde gestohlen, und wenn sie nicht bald wieder auftaucht, wird die Rache des Anubis fürchterlich sein … *Der Auftakt einer coolen Katzenkrimi-Reihe für Mädchen und Jungs – Winston ermittelt wieder!*

LOEWE WOW!

Das will ich LESEN!

Band 2: ISBN 978-3-7432-0825-4

WO ZUR HÖLLE IST CORNIBUS?

So ein Mist! Cornibus will verstecken spielen und zwar jetzt. Jetzt gleich! Also darf Luzie mal wieder die ganze Hölle nach ihm absuchen. Dabei hat er gerade echt keine Zeit zum Spielen. Und der kleine Schlingel ist natürlich nirgendwo zu finden. Selbst bei Labskaus in der Höllenküche – keine Spur von Cornibus. Oder hat Luzie nur nicht genau genug nachgeschaut? In Band zwei der neuen Kinderbuchreihe des beliebten Hausdämon Cornibus geht es um ein höllisches Versteckspiel.

LOEWE WOW!